人的一生，到底算什麼呢？

人是渴望被騙的？

一切皆真？皆幻？什麼是「一切」？

人可能（不）擁有任何一樣事物嗎？

可以不要「變成」什麼嗎？

「快樂」是什麼？

#人不知道愛是什麼

#占有欲

#忘本

#夢遊

#雙重思想

#詐騙

#快樂是一種決定

#自我重要感

人不知道愛是什麼。

我什麼都不相信，
但我又什麼都相信。
我用懷疑在信仰著。

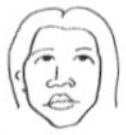
孫得欽

黃以曦

一、人如何活著

以曦，妳說要聊一個主題，我就想到最近突然跟人說，我好像知道自己一直在看電影到底是在看什麼了，我似乎最關注的就是「**人如何活著**」這件事。倒不是我多關心人類，只是因為我自己就不知道怎麼活。這件事情是隨著很長的時間慢慢變清楚的，我一路以為我追求或在意或困惑的東西有很多，但可能全都只是這個而已。不知道這說法是不是廣泛到跟沒說一樣，但我越來越只能思考簡單的事了。所以我選這個主題……其實是因為沒辦法想別的問題（笑）。

有一篇星野之宣的漫畫（註一），女主角的太空船墜毀在某星球，只有她一人倖存，求救訊號發出去了，但搜救隊最快也要一、二十天才可能抵達。在這星球上，生物生長速度異常迅速，才過兩天，她發現自己生理狀況已經老了十幾年，所以，算起來她活不到搜救隊來的時候。她的解決辦法是用船上的遺傳工程設備培育自己的複製人。事實上第二個人也活不到那時候，所以她把複製人技術傳授給第二個人，讓她長大後再複製第三個人，並把關於自己的資訊傳下去。但二代在養育三代的時候突然悲從中來，她說「**我既沒有過去，也不會有未來，我的一生到底算什麼呢！**」

對呀，所以到底算什麼呢？每個人其實都是這第二個人。電影或其他的閱讀和寫作，我似乎都是在試著摸索這個問題，從不同的層面，有時是一個具體的人的樣子，有時是一種氣氛，有時是觀念，有時是背後的作者透露出來的東西。像是《孤狼之血》的役所廣司，《幸福的拉札洛》裡的拉札洛、像是《攻敵必救》女主角的一無所有，《下女的誘惑》的揮霍，《羅曼蒂克消亡史》的氣派，《西部老巴的故事》的直視死亡之眼，或是《超時空攔截》、《空中殺手》、《永劫》那樣的時間觀，或是《駭客任務》的真與幻。

這些東西對我來說的意思是，一個人可以那樣活，表示人可能那樣活，就算是虛構的，也表示至少有一個人想出那樣的活法，而且是用那樣的眼睛看世界的。每一雙新的眼睛，都打開了新的尺度。如果時間真是那樣運作的，如果世界只是一場夢，那我們就毫無理由像原來這樣活。也許我會試試真的那樣看世界，最後，那個眼光或許徹底吞噬了原來的我。任何一種觀念都是熾烈無比的，遠遠旁觀都無傷大雅，一旦當真，就能徹底摧毀原有的生活。而我總是必須當真。

就算世界真是被一隻邪惡大怪獸統治，飛天麵條怪或妳不久前寫過的拉普拉斯惡魔（註二），如果我知道了，就不能假裝不是。但是當然，問題正是我們總是無法確實知道。

在想這個題目的時候，想到托爾斯泰好像有寫一篇東西叫「人靠什麼而活」之類的，特地去找來讀，那是在說一名天使被上帝丟下凡間，命他要找到三個問題的答案，才准回來：一是人心中有什麼，二是人不知道什麼，三是人靠什麼活下去。天使歷經人間事之後，找到的三個答案是：人心中有愛，人不知道自己需要什麼，人是靠愛活下去。

我來讀天使的這三個結論的話，就會覺得第二句才是精華所在，這三個領悟應該用第二個領悟來統整：「**人不知道愛是什麼。**」

這句話在我的世界裡是熠熠生輝的。

天使高高興興地回去那個天堂了，我想如果換成我的話絕對回不去吧（笑）。

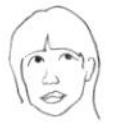

得欽，你說「**一個人可以那樣活，表示人可能那樣活，就算是虛構的，也表示至少有一個人想出那樣的活法……，如果時間真是那樣運作的，如果世界只是一場夢，那我們就毫無理由像原來這樣活。**」那是你轉述的故事中的第二代的人，也是久美子。

《久美子的奇異旅程》，你記得嗎？我用我的話重說一次那個故事好嗎？

有個女孩，每日每日，她將自己寄託在一部老電影，她反覆播放一個段落。小房間裡，她整個人湊上螢幕，那裡是無際雪地，有人在全幅雪白裡選定一處，殷勤行動。女孩著迷地看了又看，拿出紙筆和尺，分毫不差地紀錄。女孩沉默地行走在日常，只有下班回家無數次重播那段落，才像是醒了過來，開始活著。

然後她不顧一切踏上旅程，沒錢，語言不通，不斷前行。然後她遇到一名警察，警察問「妳到底為什麼要去那裡呢？」女孩掏出揣在身上的DVD，「這個！在電影最後，有人將整箱鈔票藏在那裡，我看到了，我要去找那筆錢。」警察愣住。那是電影啊！那是假的啊！女孩冷淡掉頭，繼續上路。大雪還下著，世界盡頭的盡頭，那裡有她親眼看到被埋下去的寶藏。

由此，我想到兩件事，第一，久美子並不是「錯的」，如同我們也並非「對的」。我們多了個常識／認識，某意義上就高了個維度，女孩世界作為一種降維，或可說是種缺陷；但同理，我們又真知道自己在哪裡嗎？或許我們同樣與終極真相差上幾個維度。同樣是那麼樣的，越認真，就越荒謬。奔向蜃影，但那裡沒有任何我們可理解模樣的東西在等我們。

第二，真相已攤開在面前，但女孩無視。她緊抓著她相信的事情。這份相信，勾勒了她的生活、召喚了她臨至之處所遇到的人發生的事、一切歷經的聲音溫度光度觸覺各種悸動。這建構了她的活著，是她如果不曾那樣相信那樣上路就不會開啟的活著。……那個模樣的活著，一點也沒錯。所以，錯誤的起頭，仍將導回某個正確的活著對嗎？

無論是怎樣起點、怎樣終點，無論任何偏頗愚蠢天真或「錯誤」，一旦以某個樣子開始，持續著，一日一日，荒地被開出道路織出情節，歲月被填進呼吸韻律景觀，成為一趟沒人能置疑的旅程。這不正是「**存在**」本身嗎？……存在，從看不見的四面牆裡，長了出來。

得欽，我想著你說的天使的洞見（你所轉化的天使的洞見），人不知道愛是什麼，人靠愛活下去。人不知道那是什麼，於是那成為了我們的所有。「愛」可置換為別的事嗎？人以他徹底徹底無知的那個東西，攀附上頭，結實往前推進。

那麼如果，我們知道了那種不知道呢？知道不只是「知道」是有陷阱的，還知道「不知道」所布建的那個完美平整，更是全面蜃影。如此，該怎麼辦呢？

Fargo, Fargo，女孩唸著那部她信以為真的電影同名地點，奔向她的金銀財寶。那個旅程，有她點滴為之注入生命，成為真正的珠寶。……我也曾有過掛念的遠方，夢想的珠寶；理論上，來自他方的再高的維度，都取消不了於我而言的這個世界的存在，但假如，是我自己去到那個維度、獲得那個視角呢？

再也不是「這個是真的」、「這個是假的」的那種分辨，而是，「**我說是真的就是真的**」。由此，將不再有東西是「真的」，以致於，也不會再有個必須去駁回的「假的」。

事實上，當你說「**而我總是必須當真**」，你已經無法當真了吧？

二、一切為真

以曦，也許我們這一段的主題應該定為「**夢遊**」，偶有一些時刻，我會異常清醒地覺得，自己正夢遊般活著。清醒地夢遊。

我一直很著迷各種離奇的詐騙案，像是不久前網路熱傳的矽谷「惡血」事件，一個子虛烏有的發明，捲來了天文數字的金錢，騙倒一大票政商名流；還有許多年前，那個深信ＣＩＡ局長與她相戀，並為此寫了一本超厚的書的女博士；當然還有更多更多在電視上看得到的大說謊家、各式各樣的宗（邪？）教團體……。世界好像紙紮成的，風一吹就飛走。這一切讓我目眩神迷，甚至是，有點羨慕？人只要願意，就能用一個念頭構築整個世界。這也是世界之所以迷人之處。

久美子的故事對我來說有兩個面向，其實跟妳說的是類似的。第一個是她相信的世界就是她的真實。一個謊言持續一生，還算謊言嗎？一個夢要多長，才算是現實？第二個是，我們就是久美子。我們看到的一切，都是我們的幻想，甚且一路上有一大堆明顯到爆炸的證據，指出我們活在極為離譜的幻想中，但我們深信不疑。「惡血」裡、新興教團裡，多少聰明人啊，都覺得自己如此正確。說不定人是渴望被騙的，或者說，不要讓我從夢裡醒過來。相信個什麼似乎比較容易活，那不相信的人怎麼辦呢？

我一方面覺得久美子的世界有很美的地方，著魔、義無反顧總是美的；一方面又覺得，如果我確實活在幻覺中，那我一定要看見真相。再者，又因為這幻覺只是我一個念頭構築，所以我必能解除，每個人都能。問題是那個所謂看破又是什麼呢？即使能一個維度一個維度往上爬，那似乎只是《全面啟動》，只是《西部世界》，只是《星際救援》，一直到更遠的宇宙去尋找智慧生物，只是從一個夢醒來到另一個夢裡。所以在迷與破之間，還有別的解方嗎？

妳說得沒錯，當我說「而我總是必須當真」，我已經無法當真了。而真正當真的事，我根本說不出來，因為我完全活在那個催眠裡。我所謂的當真，好像是一種努力，我是用那個當真來動搖我舊有的世界，實際上，我沒有打算把任何事情當真，如果有，就得去動搖它。我什麼都不相信，但我又什麼都相信。有點像是⋯⋯我用懷疑在信仰著。這是個狡猾的說法。

我對於真與假的問題也真的認真疑惑了很久，像之前跟妳聊過的，印度人會說：一切皆幻。要我接受這個一切皆幻雖然要費一番工夫，但還不算太難，這似乎也解答了我幾乎所有問題。有一天卻讀到鈴木大拙（註三）說：一**切皆真**。這是在胡說什麼？但很奇怪，這個矛盾沒有讓我再陷入對錯的掙扎中，反而好像補上了最後一片拼圖，好像讓一切都放鬆了，再也沒覺得非得讀到什麼最正確的說法不可了。一切皆真跟一切皆幻可以並存。

後來我在講約翰．凱吉那本《心動之處》讀到一個絕美的故事，一名印度高僧和一名日本禪師一起走到河邊，準備渡河，印度高僧不知施展了什麼神通，踩著水面而過，日本禪師很激動地叫他回來，高僧一頭霧水，禪師說：「渡河不應由此法。」然後引他到水淺處，兩人涉水而過。雖然故事本身似乎有價值判斷，但我總覺得它告訴我的是：**那不是問題**。

天啊我這整篇不都是《一九八四》的雙重思想嗎？原來我是這種人。怪就怪在，完全相反的說法有時講的是同一件事，而最正確的，跟最錯誤的，有可能用一模一樣的句子說出來。矛盾的是語言和頭腦，後面有個東西，從來沒有矛盾。

問題不是真的用來解答的，當然我們可以用任何方法去對付它，但最終它只是像個月亮一樣，放在那裡，偶爾抬頭看一看。

所以，讓我突兀地跳回愛。「**愛**」可以置換為任何事吧，因為愛只能是一切，無論如何去指稱，都同樣不足，也同樣足夠。如果是一切，我們必然無法自外於它，去「**知道**」它，我們只能「**是它**（be it）」，甚至，不能說我們要「是它」，只能「**是**（be）」而已。

那個「是」，無以名狀，我只能擅自想像，像在大海中活著，像在星際中活著，隨波逐流，像夢遊一樣清醒。

得欽，關於你提到的「一切為真」，我在想，問題除了是「真」，或者也可能在於「**一切**」。什麼是「一切」？

我想舉一個意象：比如，光從太陽到地球需要八分鐘，我們「在此刻看到的太陽光」是八分鐘前發出的光，而「此刻的太陽光」仍在到來的路上。也就是說，當太陽毀滅了，我們要八分鐘後才知道。如果人類在太陽將毀滅時，能即時知道，則我們或許能做些什麼，但我們對此一無所知。然後太陽毀滅了，我們仍一無所知，但新的事態已然籠罩且堅定推進。八分鐘過完，或在之前的一下子，我們知道了，但也已經發生了。

人類消失當刻，是個狀態，把這狀態往回推，這八分鐘弧度，或可稱之為命運，即是這八分鐘裡，無論我們知曉與否，末日是注定了。

但其實還可以再往回推，推到這個八分鐘啟動的更之前。那個「弧度之外」，之於人類，是什麼呢？

八分鐘弧度裡，元素密閉地連動人類，可說是「一切」吧？但這八分鐘啟動之前，其之尚可與人類無關（若有偶然因素扭轉了太陽、若有誰跳出去阻止了這件事），亦可與人類有關（即，太陽就是將要毀滅），是更大的「一切」，對嗎？……我們被包在兩個「一切」之中？

於是，當你提到鈴木大拙的「一切為真」，我反射地想，本來，怎麼可能不是「一切為真」呢？所有東西都在那裡。實現的可能性、泡沫化的可能性、即將到來的、已經到來的、正確的預視、錯誤的預視、負負得正的預視、對預視的解讀，然後是承受，感受到的承受、感受不到的承受、承受的暈染與被誤讀……，全都無法逃逸，全在那裡。

倘若我們一直都同時被包含在弧度之內，與弧度之外，還有「非真」嗎？

再回到得欽你說的「**說不定人是渴望被騙的**」，當然你說的渴望並不真指主動想望，但我在想，會否那甚至也說不上是潛意識呢？我的意思是，儘管後來走到了「被騙」的結果，但人的處境似乎更像是，終究我們得停在哪裡，在哪裡安居。而那個安居，意思其實就是，情願地讓某個什麼，蒙上來。

說「真」或「假」，其實都是談內與外對嗎？不斷切換抽離出去，換進新一維度，看到過去的自己在下面為什麼所蒙蔽。不斷設局，一整套階序有致的行進，引誘哪個誰先放棄了一條界線，然後又放棄更多；引誘他做了，然後他將鬆懈或補償地做得更多。從真到假，或許不是一條線的此和彼，而是連鎖絞入、越陷越深。

當接受整個世界，落定安居，那一刻起，無論如何就都是「被騙」的吧？因為仍存在切出去辯證的路徑，而我們已經累了。

然後回到那個八分鐘。八分鐘之前，八分鐘開始了，八分鐘結束了，關於這個一切，也是「一切」的「一切」，儘管我們可以切出各種視角（就算是科技達不到的，用想像或玩笑或詩去進行，都好），就有了各種真與假的消長游移或辯證，但終究，我們會停在哪裡吧？有人很快停下了，任世界怎樣蒙覆都好，有人掙扎搬玩著對世界的不同收束，但終會接受最後一個和自己的存在等量的「什麼」，也許是死亡，也許是心碎，也許是瘋狂，然後停下來。世界蒙上。再無真假的辯難。一切為真。

你說「**在迷與破之間，還有別的解方嗎？**」也許從沒有解方，而迷與破，並不為了求解，而是把我們帶到自以為解題的路上，我們才能這樣進進出出地，活得那麼立體。

什麼都會過去，但我相信永恆。
永恆就是所有我能失去的東西全部失去之後，
剩下的那個東西，
如果有的話。

三、擁有的圈圈

以曦，無論是真與幻，還是八分鐘，我們用不同的方式表述的，似乎是同一件事，是嗎？活著的唯一方式就只是活著。

接著我想聊的是「**擁有**」。

之前有段時間我一直在清書，送掉了一堆哈洛．品特、唐．德里羅、顧城什麼的，後來妳笑說我簡直到了「忘本」的程度。這兩個字我聽了很快樂，覺得超好笑，有種……備受稱讚（？）的感覺。我很喜歡這兩個字。

人能擁有任何一樣事物嗎？有點可疑。我們宣稱擁有的事物，實際上是不是最多只能描述成「陪伴我一段」呢？有人會說只有腦子裡的東西不會失去，但我總覺得自己腦子裡的東西明明隨著年紀……一天比一天少了啊。說不定，就連生命，也只能說是「我的生命陪伴我一段」而已。什麼都會過去。

談「擁有」就不能不一併談「**失去**」（先假裝我們確實可以擁有，也可以失去），「失去」這件事總是讓我震驚，震驚的是每一次失去，在我接受那個「失去」的事態之後，都得到難以言喻的東西，遠遠超過那個失去。放棄、忘記、幻滅，都是同一組東西，甚至，也可以把「**給予**」加進去。

我曾閃過一個念頭：不占有。一件你極愛的事物出現在面前，但一點都不去想要擁有它，只是看著、相處，它在就在，流走就流走。這個念頭讓我敬畏又快樂。光是這麼想像，就有點腿軟，這想法太可怕了，你怎能不想占有任何事物呢？你怎能不想著要留住任何一個時刻呢？但又是為什麼，光是這個念頭浮現在腦海，就讓我如此快樂？

「忘本」這兩個字，或許該先釐清一下我的理解。這個「本」一般指稱的，無論多麼珍貴，都是那個我們並未「擁有」，也絕不永恆的東西，從無例外；但在更究竟的層面，也許還真的有某個「本」，是我們一直忘了它，才指鹿為馬地把其他東西當成它，一生活在誤會之中。或許，正是要忘到極致，那個本才有可能浮現。

什麼都會過去，但我相信永恆。永恆就是所有我能失去的東西全部失去之後，剩下的那個東西，如果有的話；但如果沒有，我的結論不會是永恆並不存在，而是要反過來正面表述：永恆的就是那個「沒有」。

「擁有」這個概念有點像是畫一個圓圈，然後說裡面的部分算是擁有的，外面的部分算是沒有的。那如果把那個圓打開呢，有了一個破口，哪裡算裡面，哪裡算外面呢？如果進一步拉成一條線，甚至縮成一個點，可以說失去了一切吧？但是不是也可以說，擁有了一切呢？也許就像《靈異第六感》早已開示的：「**有時人們以為失去了什麼，其實只是換了地方**。」

我好像在說什麼勵志書的名言，但說不定人生真的就那麼淺薄，只是我們一直誤會；也說不定，淺薄與深奧，說出來的都是同一句話。

人的肉身所能量測的世界實在太小了，我們只能以極其窄仄的視角去觀照時間、空間，於是也得到極其窄小的結論。

我們的「擁有」也好小。我覺得我是貪得無饜的。如果我的眼睛大如地球，如果我的身體大如宇宙，如果我的心，大到整個宇宙只占了其中一小角；換句話說，如果我是全然的無限。那麼我將看見太陽爆炸，也看到地球毀滅，甚至能看到，就在世界開始的一瞬間，其後億萬年的一切都已經完成。

得欽，你真是個缺乏占有欲的人！

當你說「擁有」，我就想，「什麼叫擁有？」我一路讀下來，很認同關於你說的比如陪伴一段、比如不占有、比如圓圈及其破口，然後讀完了以後，我想，可是我們不是要談「擁有」嗎？當然，這是我的問題。原來，對我來說，我並沒有真的思考過「擁有」的問題，我想的只有「**變成**」。

從小學開始，我就在筆記本密麻地抄著在哪裡看來的漂亮字句，用力在書上畫線、對錄影帶拍照、把書頁抄下，直到今天。好幾格書架是不斷增生的筆記本，而電腦裡是「抄寫 20091015」、「抄寫 20191010」……之類的東西；電影無法字句地抄下，就想辦法留下那個聲音那個影像那個意象……。我想要的不是擁有，我要的是永遠記得；我要的甚至其實不是記得，我要的是它們成為我這個人的一部分。

我不在乎想起哪一本書、哪個誰說過什麼話（我曾在自己的書的正文裡，不引任何一本書一個人名就是為了這份對抗），我在乎的是，我要成為將如此語言、概念、意象、節奏，融入生命，以致於能說出、想到它們的人。不是剽竊、不是引用、不需要記得，就像我不曾記得我這個人的屬性和傾向，不曾記得我對愛或美的某個傾倒，我只是自然地是那一切的一部分（而不是那一切是我的一部分）。

所以，當你從「擁有」談「**可以不要擁有嗎**」，我想的是，「**可以不要變成什麼嗎？**」我可以接受我只是我，或其實沒有「一個」我嗎？我可以不要再渴望朝哪裡傾去、終究完全浸泡在那裡面嗎？我可以接受「我」或「人」就像它們在生物學上的意義，是隨時間過去全部細胞要汰換一回又一回的那種真理嗎？

得欽你說「**一件你極愛的事物出現在面前，但一點都不去想要擁有它，只是看著、相處，它在就在，流走就流走。……為什麼，光是這個念頭浮現在腦海，就讓我如此快樂？**」

如果從剛才談到的「**不只是擁有，且要讓彼此成為對方的一部分**」（即「變成」），則你這段話似乎於對我而言，要是更困難的。但從另一個角度，它卻反而變得很單純——如果我能認清什麼是我這個人的可能性，則我也就能更乾脆地放下那些無法隸屬於此些可能性的人事物了。

你愛一個東西，你懂得去愛這個東西，並不表示你就能在它所在的世界裡。而既然當我對一項物事的渴望，必須上綱到結合一體，這就意味著那得要有某個此個一體共同進得去的未來。當我知道我所走在的方向（儘管能到多遠猶是未知），則我就也知道我無法走上的方向。是以，那個判斷很單純，我和你，會有未來嗎？如果沒有，則我事實上無法（而不是沒有）那麼愛你。我會記得你，雖然遠遠非關擁有你。我記得你，記得這一刻。這一刻，看著你，「**流走就流走**」。

四、快樂

以曦，關於「變成」的描述我讀得很過癮，彷彿比我自己說的更接近我想的，尤其是「**我只是自然地就是那一切的一部分**」。這對我來說，意謂著愈是取消自我的屬性、條件，我就愈屬於「那一切」。我幾乎想拋下原訂的題目來聊這個，但又發現——這講的不就是「**快樂**」嗎？

我並非沒有占有慾，而是覺得它不合理，乃至不真實（容我姑且繼續使用「真實」這個詞），因此覺得對待它的唯一合理做法，是放棄它。我雖然書賣掉幾百本，但架上也還有幾百本，根本是半調子。而這些「世界是一場夢」、「人不知道愛是什麼」等等，可能像是一些錦囊，危急的時候，拿出來看一看。我的下個錦囊是「**快樂是一種決定**」。

當然，人絕對有權利不快樂，或是把任何事的優先順位放在快樂之前。但如果一個人認為快樂是最重要的，那唯一合理的作法，就是每當出現其他選項時，都仍舊選擇快樂。

「快樂是一種決定」跟電影《小丑》那句「**我曾以為人生是悲劇，現在發現，其實是喜劇**」如出一轍。當然如果從電影的脈絡去理解，這句話很危險。但快樂可能真的就是這麼危險，好像不能隨便講，要是有人宣稱自己無論如何都快樂，大概很多人會想「測試」他。

最近連看了好幾本李察・巴哈的書，其中有段對話，是救世主與信徒的講道場合，他問信徒，如果神要你去幫助受苦的世人，你願意赴湯蹈火，萬死不辭嗎？信徒熱血沸騰，紛紛慷慨答應。他繼續說，那麼如果神當面對你說：「我命令你，在世上的有生之日，都快樂幸福。」你會如何？而眾人沉默不語。

這個時局談快樂有點困難……其實任何時候談快樂都是困難的，尤其是看到暴行跟痛苦總在那裡，那麼清楚。我有個印象，聽過不只一個人對世界的認知是「好事必然伴隨著壞事」，我想人對快樂有種罪惡感。不幸彷彿是一種忠誠，幸福則帶有背叛的感覺。但我寧願試著使用另一個模組來生活：「**幸福會帶來更多幸福。**」真的嗎？不知道。我的邏輯很庸俗，就只是，這樣去過一生，絕不會有什麼損失。

所以真正的問題可能是，即使現在就把全世界的快樂都給你，你的心夠大嗎？

接得住嗎？

說到快樂我就很想聊寫作這件事，這跟妳的「**我只是自然地就是那一切的一部分**」有關。寫作是一種非常容易強化自我重要感的事情，尤其是在追求（或宣稱在追求）作品的更好、更極致的時候。但強化自我重要感，不會讓任何人快樂的，包括自己。關於這個，我最喜歡黃燦然的句子：「**有才能的人，也是守著自我／像守著錢包……／……／不知道相對於他們原可以／形成的才能的宇宙，／他們現在的才能／只是一個蘑菇。**」快樂也是這樣，我們習慣性地拿蕈狀雲的快樂、宇宙爆炸的快樂，去換一顆蘑菇的快樂。是的，我願意這麼說：我寫作是為了快樂。

之前寫過關於《西方極樂園》的一小段筆記給妳，劇中有幾段逆轉的創造關係，女主角的父親臨死前跟她說「從前的我在妳出生後就消失了，是妳造就了現在的我，而我從此不再想變成其他樣子。」這段話讓我震撼。原來不是我如何，而是我被如何。原來我所有的「做」，都是為了讓我被吞沒，讓我可以徹底地「不做」。

創作也是像這樣，寫著寫著，我交融進去那個創造的過程中，放棄我自以為存在的主體，再也分不出是我寫下這些文字，還是這些文字寫下了我。

我一直覺得，完全虛無的人，看什麼都是美的（如果上述各種自我消解的討論可以算是虛無的話）。因為他再也不需要為任何事物增添任何價值了。越是不在乎，越能愛這世界。冷漠和快樂，有時外表看起來沒有差別。

這時候好像該定義一下這裡講了半天的快樂是什麼，但還是讓任何人隨便代入自己的定義吧。快樂是那麼大，大得什麼東西都裝在裡面，什麼時候要選它，它都在。甚至不需要「犧牲」其他東西，比如悲傷，比如憤怒，放在它裡面就好了，那些東西只會占很小、很小的一角。這樣說也不是很準確，其實我有一點沒辦法分辨快樂跟悲傷，因為這兩件事實在是太相似了。

得欽，我同意你說的「**快樂是一種決定**」，但我以為它的弔詭就在於，快樂的極大化、甚至「快樂」最當然的定義，是成立給那些不知道或無法做出這種決定的人。他們冷不防地被快樂襲上，或驟然失去。

我會這樣想的原因是，是啊我可以決定快樂，但我為什麼要決定快樂呢？是因為這樣一來，我就可以快樂嗎？

你說，「**我想人對快樂有種罪惡感**。**不幸彷彿是一種忠誠，幸福則帶有背叛的感覺**。**但我寧願試著使用另一個模組來生活：『幸福會帶來更多幸福。』**」這我亦是贊同的，我一點都不覺得庸俗。但我無法不感覺，在幸福與不幸之外，猶有整片空曠，而那是幸福快樂的圓滿無法涵蓋的。

在那裡，有個似乎接近，但其實本質上尖銳地不同的東西，是狂喜。我們儘管可以決定快樂，卻無法決定狂喜。將快樂往上推、但因為已經圓滿了（「你都有了快樂了，還要什麼？」）是以無從使力的過程。那是被閹割般的失望。

你說有人說，「**快樂必然伴隨著壞事**」，確實是如此吧？除了快樂的解消或終止本身就是壞事，又以及牽涉了某種宇宙中的平衡，令得彼方力量到來，種種。但無論如何，快樂終是值得的，因為快樂是真的。既然是真的，就落實了「曾經擁有」。

但當無法逃離「真vs.假」的消融所帶來的迷惘，則快樂，會不會因為其平面化，而無法回答生命的問題呢？像是千萬個二維拼片都填不滿三維空間那樣的空虛？

得欽你說「**真正的問題可能是，即使現在就把全世界的快樂都給你，你的心夠大嗎？接得住嗎？**」但這問題會否也有時效性呢？或許我們曾屬於那樣的世界，擁有一顆待填滿的心，可某個時間點之後，那個心變得穿錯而刁鑽，它已是一個世界，只能製造自己的快樂。

我喜歡你聊起這些事的語言，像咒語，召喚著坦然、清澈的對於「生」或「有」的洞察。於我，那像是關於走進一幢霧的誘惑。走進那裡，化為流形，成為（而不是獲得）真理，成為全部的一部分，也就首度與終極地成為全部。

然而，儘管我認同那樣地活，卻不曾為了那樣而寫作。我仍用那麼多心力，在虛構幽閉。無限梯階，無數消點。通過不可能的形構，催生唯此得以流出的愛與憂鬱。很長的黑夜，月圓也是假的。狂喜。鏡廊的無限流洩，好多好多。

我在那裡想起了快樂的日子，想起了曾與你談過快樂，你指出一條通往快樂的路。我想我仍是記得的，但我已經不知道了。我在這裡，一切都懸浮著。事物以其創造，消滅彼此。然後是新的。然後我用你送我的黃燦然的詩集的這首為結：

我躺在露台上
凝望明亮的星星
然後摘下眼鏡
天空變一片黑暗
我又戴上眼鏡
又是明亮的星星
又摘下眼鏡
天空又一片黑暗
它們都是真理，而且
是四種真理：兩次星星
和兩次黑暗。

——黃燦然，〈真理〉，《奇迹集》

（發表於《K書》創刊號，二〇二〇年二月）

註釋

註一——是日本漫畫家星野之宣的短篇作品集《星塵之旅》（台北：東立，一九九九）其中一個故事。

註二——拉普拉斯的惡魔：指發表於二〇一八年《Fa電影欣賞》雜誌冬季號，一七七期「夢幻劇」欄中〈拉普拉斯宇宙：從電影到寫作〉（黃以曦作）一文。

註三——鈴木大拙（一八七〇～一九六六），日本佛學學者，法號大拙。主要思想主張之一為「自己作主」。著作有《般若經之哲學與宗教》、《禪的研究》等多部。

譯名對照

久美子的奇異旅程 *Kumiko, the Treasure Hunter*（美國電影，二〇一六年）

約翰．凱吉 John Cage（美國音樂家）

李察．巴哈 Richard Bach（美國小說家）

延伸閱讀

凱．拉森（Kay Larson），《心動之處：先鋒派音樂宗師約翰．凱吉與禪的偶遇》，吳家恆譯，台北：麥田，二〇一七。

黃燦然，《奇迹集》，廣州：廣東人民，二〇一二年。

奈特．沙馬蘭（Night Shyamalan）導演，《靈異第六感》，一九九九年。

陶德．菲利普斯（Todd Phillips）導演，《小丑》，二〇一九年。

強納森．諾蘭（Jonathan Nolan）與麗莎．喬伊（Lisa Joy）改編創作，《西方極樂園》（電視劇），二〇一六年。

不關心，與關心

孫得欽

寫文章對我來說很困難，但如果是有具體對話對象的書寫，在傾聽、澄清、提問、共鳴之中，卻好像可以無止盡地延續下去。當然，適合這樣對話的對象，也並不很多——呃所以我一直想把所有文章都寫成某種閒聊。或許有點像是，比起煞有其事的完整文章，我往往更喜歡隨筆、臉書文、談話紀錄；比起一心想要成為一首好詩的詩，我往往更喜歡散漫、瑣碎、無顧忌、缺乏企圖，彷彿不知道什麼是詩，但確實有些心中的什麼，想方設法要描摹出來的詩。

那些零亂、任性、充滿個人好惡的文字，能夠無孔不入地滲進這個世界，像空氣、像水、像黑暗。我想我其實並不關心任何事，無論是再重要的事，如果那件事我感覺欠缺真實，只是空殼子；但我想我也關心任何事，無論是再渺小的事，只要那件事確實關乎人與人、人與世界之間永無止境的往來振盪，而對寫正好可以盛裝這樣的東西。

孫得欽

一九八三年生，東華創英所畢業，喜歡食物、尤杜洛斯基和組裝櫃子。相信一切存在都只是幻影，而所有不存在的都存在。著有詩集《有些影子怕黑》。譯有《當你來到幸福之海：卡比兒詩選》。

攝影／李霈群

黃以曦

作家，影評人。著有《謎樣場景：自我戲劇的迷宮》、《離席：為什麼看電影》。